Le Très Grand Vaisseau

Mini Syros Soon
Une collection dirigée par Denis Guiot

Couverture illustrée
par Stéphanie Hans

ISBN : 978-2-74-850884-0

Le Très Grand Vaisseau

Ange

MiNi SYROS

Prologue

Le Très Grand Vaisseau filait dans la galaxie depuis huit cents ans.

Guillaume y avait toujours vécu.

Comme ses parents, comme ses grands-parents, comme ses ancêtres depuis la vingt-septième génération, il avait passé tous ses jours et toutes ses nuits à voguer parmi les étoiles, dans cette immense coque de métal.

Huit cents ans auparavant, le Très Grand Vaisseau avait quitté la planète mère avec trois mille passagers. Sur Terre, la famine et la guerre faisaient rage, et ces trois mille volontaires – hommes, femmes et enfants – avaient décidé de trouver un monde meilleur. Ils rêvaient d'une autre Terre, une planète habitable... avec du bon air pour respirer, de l'herbe que les vaches puissent manger, de la terre pour cultiver des céréales.

Des planètes habitables, il n'y en avait pas beaucoup dans la galaxie. Ils savaient que le voyage serait long.

Mais ils ne pensaient pas qu'il serait *si* long.

Car huit siècles plus tard, ils cherchaient toujours.

Dans le Très Grand Vaisseau, les règles étaient simples. On ne posait pas de questions sur l'Organisation, on n'ouvrait pas les Portes Rouges, et surtout, surtout, on ne montait jamais, JAMAIS au Niveau 0, le Niveau des Pilotes.

C'était l'anniversaire de Guillaume qui venait d'avoir dix ans. Et ce jour-là, il allait enfreindre les trois règles.

Chapitre 1

– J'en ai marre des lentilles ! déclara Leila, la petite sœur de Guillaume, devant son assiette de petit déjeuner. On mange que ça ! Je préférerais du pain... ou du chocolat.

– Ma chérie, tu connais les règles, dit leur mère, qui cuisinait une soupe verdâtre sur le petit réchaud, au fond de la minuscule cabine où leur famille habitait. On ne critique pas l'Organisation. Remercie plutôt ton frère, qui a transporté tout seul ce gros sac de lentilles depuis le Magasin...

– Merci beaucoup, Guillaume, grogna Leila sans grande conviction. (Elle avala une nouvelle bouchée, puis fit la grimace :) Papa, dit-elle avec son sourire le plus charmeur, tu peux pas essayer d'avoir des fruits ou des bonbons ?

Son père fronça les sourcils, mécontent :

– Leila, si les équipes de Distribution pouvaient nous donner plus de nourriture ou plus de variété, elles le feraient. C'est ainsi. Il faut suivre les directives de l'Organisation. Sinon, ce serait le désordre absolu...

– Les enfants, je sais que c'est dur, dit tendrement leur mère. Mais je suis certaine que les Pilotes vont bientôt découvrir la planète de nos rêves...

– Quand nous aurons trouvé notre nouveau monde, nous pourrons manger tout ce que nous voudrons, ajouta le père de Guillaume en souriant. Nous cultiverons la terre, nous entretiendrons d'immenses vergers, nous ferons pousser des fraises, des framboises, des mangues, des papayes...

Leila battit des mains, tout heureuse, mais Guillaume fronça les sourcils. Malgré son sourire, le ton de son père paraissait... forcé. Comme s'il s'obligeait à rassurer ses enfants, alors qu'en vérité il n'était pas très convaincu.

Aussi, quand Guillaume sortit de la cabine pour aller rejoindre ses amis à l'Observatoire, il se sentait vaguement inquiet.

– J'en ai marre des lentilles ! râlait Victor, le meilleur ami (garçon) de Guillaume, allongé sur la moquette fatiguée de l'Observatoire. Marre, marre et plus que marre. Croissants aux lentilles le matin, pâté de lentilles à midi, crème de lentilles-vanille au goûter, feuilleté de lentilles le soir...

– Tu exagères, Victor, dit Zoé, la meilleure amie (fille) de Guillaume. (Les trois enfants avaient le même âge et étaient dans la même classe.) On a de la viande une fois par quinzaine, un pain et des légumes tous les mois, et, il y a trois semaines, j'ai même dégusté un abricot...

– Ce n'était pas comme ça avant, dit Guillaume. Avant, on avait plus à manger. Et c'était meilleur. Même pour mon repas d'anniversaire, je vais avoir des lentilles !

– On ne critique pas l'Organisation, les rappela à l'ordre Zoé d'un ton fâché.

Les trois enfants se turent un moment. Au-dessus de leurs têtes, au-delà du dôme de l'Observatoire, des milliers d'étoiles brillaient dans l'espace obscur.

Mais les passagers ne s'y intéressaient plus depuis longtemps, et les télescopes prenaient la poussière.

– Et pourquoi on n'a pas eu de Rapport, depuis trois mois ? reprit brusquement Guillaume.

Zoé et Victor s'assirent, mal à l'aise. Tous les quinze jours, un Pilote descendait par les ascenseurs rouges sur la place du marché, au Niveau –3 et, debout dans sa grande robe rouge flamboyante, il expliquait aux passagers quelle distance ils avaient parcourue, quelle direction allait prendre le Très Grand Vaisseau, quels systèmes solaires avaient été étudiés.

Puis il repartait.

Personne ne contestait ces décisions.

Personne ne lui posait de questions.

– Vous ne trouvez pas ça bizarre que les Pilotes ne viennent plus ? insista

Guillaume. Trois mois qu'ils ne sont pas descendus, et personne ne trouve ça anormal ?

– Ce sont les Pilotes ! s'exclama Victor. On n'a pas le droit de...

Guillaume l'interrompit :

– Huit cents ans, avec un Rapport tous les quinze jours. Et soudain, plus rien ?

– Tu as raison, admit Zoé. C'est étrange. Je suis certaine qu'ils ont une bonne raison. Mais...

Elle s'interrompit, sans oser aller plus loin. Victor termina pour elle :

– ... Mais j'en ai marre des lentilles ! cria-t-il, dressant le poing en direction des étoiles pour prouver sa mauvaise humeur.

Il y eut un silence.

– Tu sais... les adultes sont inquiets, dit timidement Zoé. Je le vois chez mes parents. Je suis certaine qu'ils se demandent, eux aussi, pourquoi les Pilotes ne descendent plus. Mais ils n'osent rien dire tout haut, parce que...

Nouveau silence.

– ... Parce qu'on ne critique pas l'Organisation, conclut Victor.

Alors Guillaume se leva :

– Allons à la Réserve Principale. Allons demander pourquoi on a moins à manger et pourquoi on boulotte que des lentilles.

– T'es fou, c'est tout en haut, au Niveau –1 ! s'affola Zoé. On ne nous laissera pas y entrer, nous ne sommes que des enfants. Et puis l'Organisation sait ce qui est bon pour le Très Grand Vaisseau. (Elle répéta :) On... on ne critique pas l'Organisation...

– Victor en a marre des lentilles, dit Guillaume. Et moi, j'en ai marre de pas savoir.

Les trois enfants se regardèrent.

Guillaume se mit en marche. Victor et Zoé hésitèrent, puis se levèrent et le suivirent, à contrecœur.

Ils sortirent de l'Observatoire et se dirigèrent vers la Réserve Principale.

Chapitre 2

Une sacrée expédition ! Il fallait bien compter une heure de marche, car les ascenseurs et les tubes à grande vitesse étaient interdits aux simples passagers.

Le Niveau –5, le niveau le plus bas du Très Grand Vaisseau, était occupé par les machines, toutes automatisées. Guillaume et ses deux amis traversèrent d'abord le quartier d'habitation situé au Niveau –4 : d'interminables coursives, aux rangées de portes d'acier numérotées, donnant sur des cabines minuscules où vivaient les familles. L'endroit pouvait paraître triste, mais Guillaume, Zoé et Victor y étaient habitués. Ces couloirs de métal, ils y avaient joué, ils y avaient grandi et ils en connaissaient chaque recoin. Les occupants avaient décoré les murs et orné les portes de couleurs vives et d'inscriptions amusantes ou poétiques.

Au bout se trouvaient les escalators – en panne depuis deux générations. Les enfants montèrent jusqu'au Niveau –3, que la mère de Guillaume appelait en riant le « centre-ville ». Il y avait là des écoles, où les professeurs apprenaient aux enfants les mathématiques, la grammaire, l'informatique, l'art et tous les secrets de l'élevage et de l'agriculture, pour qu'ils puissent survivre sur la nouvelle planète ; il y avait des salles de concert, de cinéma et de jeux, des cafés (qui servaient, bien sûr, du café aux lentilles), où les habitants se réunissaient pour rire et discuter. Et puis il y avait l'endroit préféré de tous : la grande place du marché. Les habitants y vendaient ou y échangeaient des livres, des poèmes, des tissus chatoyants, des œuvres d'art colorées ; ils y élisaient leur gouvernement, jouaient des pièces de théâtre ou organisaient des débats.

« Heureusement que nous avons des activités, leur avait expliqué un de leurs professeurs. Sinon, depuis huit cents ans, nous serions tous devenus fous ! »

Résistant à l'appel des centres de jeux vidéo, les enfants montèrent vers le Niveau –2, réservé à la Zone Agricole. Au moment où ils mettaient le pied sur la dernière marche de l'escalator en panne, Guillaume crut sentir le vaisseau trembler. Mais la sensation disparut aussitôt. Sans doute s'était-il trompé.

Dans la Zone Agricole, l'activité était intense. Du blé, du maïs et des lentilles, beaucoup, beaucoup de lentilles étaient cultivés sous de grandes serres. D'immenses lampes baignaient les plantes d'une lumière proche de celle du soleil terrien – sinon, elles n'auraient pas réussi à pousser.

Les ouvriers agricoles déposaient des sacs de semences, des graines et des pots sur des plates-formes antigravité qui flottaient à un mètre au-dessus du sol. Plus loin, des équipes mettaient des fruits en conserve ou pressaient du raisin. Victor percuta un ouvrier qui transportait une cargaison de cageots de carottes.

L'un d'entre eux tomba.

– Oh ! Je suis désolé ! dit le garçon en le ramassant. (Puis il désigna les champs autour de lui :) Je ne comprends pas.

Toute cette nourriture, et nous n'avons presque rien à manger !

L'ouvrier soupira :

– Toute cette nourriture ? On voit que tu es jeune, petit. Pour plusieurs milliers de personnes, ce n'est pas grand-chose. Et les réserves se vident lentement.

– Mais pourquoi ? demanda Zoé. Quand nous sommes partis de la Terre, tout était calculé pour pouvoir nourrir les passagers.

– Je ne critique pas l'Organisation. Le système est parfait, répondit avec force l'ouvrier. (Il regarda autour de lui pour vérifier que personne ne l'entendait, puis chuchota :) Mais le voyage n'était pas censé durer huit cents ans.

– Je ne comprends pas, dit Guillaume.

– Réfléchis, gamin. Chaque année, il y a forcément au moins une chose qui tourne mal. Une vache meurt sans avoir eu de veau. Un arbre attrape une maladie et ne donne plus de fruits. Rien de grave... Un petit problème, tu vas me dire... Mais imagine... Un petit problème plus un petit problème par an, depuis huit cents ans ! Heureusement, les lentilles sont des plantes herbacées très résistantes. Cela dit, chaque année, les récoltes sont plus maigres, le bétail moins nombreux...

– Comment peut-on arranger ça ? demanda Victor.

– On ne peut pas, dit simplement l'ouvrier.

Les enfants se regardèrent, horrifiés. Conscient de les avoir inquiétés, l'homme donna une tape amicale sur l'épaule de Victor :

– Ne vous faites pas de bile, les jeunes ! On va la trouver, cette planète, hein ! Les Pilotes sont là ! L'Organisation est parfaite !

Mais son ton était incertain. Comme le père de Guillaume, plus tôt dans la cabine, l'homme disait ce qu'il fallait dire... sans avoir l'air convaincu.

Il dissimula un soupir, puis il alla rejoindre ses collègues avec son chargement de carottes et reprit son travail.

Chapitre 3

Ils avaient maintenant atteint le Niveau –1 mais ils étaient encore bien loin du but. Pour accéder à la Réserve Principale, il fallait traverser la zone consacrée à l'élevage, qui était interdite aux enfants. Non que les animaux soient dangereux – ce n'était que des chèvres, des lapins, des vaches et des moutons – mais le bétail était précieux et fragile, et il fallait éviter les risques d'accidents.

D'ailleurs, la porte qui donnait sur la Zone d'Élevage était gardée par une femme à la carrure imposante, appartenant à la Sécurité Agricole.

– Qu'est-ce qu'on fait ? demanda Victor en l'apercevant. Elle va nous empêcher de passer !

– Il faudrait créer une diversion, proposa Zoé.

– Renversons des cages ! renchérit Victor en montrant des ouvriers qui conduisaient des plates-formes antigrav' chargées de cages contenant des poules et des lapins...

C'est alors que le vaisseau trembla de nouveau. Et cette fois, tout le monde s'en aperçut.

Les ouvriers s'immobilisèrent, inquiets. La femme de la Sécurité Agricole, surprise, tourna la tête, puis se précipita pour aider un conducteur qui, sous le choc, avait perdu le contrôle de son chargement.

– Vite ! s'écria Guillaume.

Les trois enfants se ruèrent sur la porte et la franchirent. Une fois de l'autre côté, ils se cachèrent derrière un pilier, essoufflés. Sans savoir pourquoi, Zoé éclata de rire. Les nerfs, sans doute.

Guillaume regarda autour de lui.

Ils n'étaient pas encore parvenus à la Zone d'Élevage, et encore moins à la Réserve Principale. Ils se trouvaient dans une pièce ronde, toute blanche, une sorte de hall intermédiaire dans lequel arrivaient des monte-charges et des ascenseurs, et d'où partait le couloir menant à la Zone d'Élevage. Des ascenseurs, il y en avait quatre – dont l'un était muni de Portes Rouges.

Il menait au Niveau 0.

Au Niveau des Pilotes.

– Ce tremblement ! s'écria Victor. Qu'est-ce que c'était ?

– Je ne sais pas, dit Zoé, s'arrêtant brusquement de rire. Un problème de moteurs ?

– J'espère que non, commença Victor. Parce que...

Un troisième tremblement fit vibrer le Très Grand Vaisseau. Cette fois, une alarme se déclencha.

Léger problème de stabilisation, annonça la voix féminine et douce de l'ordinateur central. *Les ajustements sont en cours. Je répète : Léger problème de stabilisation. Veuillez patienter. Les ajustements sont en cours.*

Les enfants entendirent les vaches meugler, les moutons bêler, les poules paniquer dans leurs cages.

– Nous n'allons pas à la Réserve, annonça brusquement Guillaume.

Il fixait des yeux l'ascenseur rouge. Zoé et Victor suivirent son regard... et retinrent un hoquet d'horreur.

– T'es fou !... commença Zoé.

– Les Pilotes ?! continua Victor. Tu veux monter ? Franchir les Portes Rouges ? T'as perdu la tête ?

– Vraiment ? répondit Guillaume. C'est moi qui ai perdu la tête ? Le vaisseau tremble. Les moteurs ont peut-être un problème. On n'a pas vu un Pilote depuis des mois. Et aucun adulte ne pose de questions, aucun d'entre eux ne cherche à en savoir plus... Et pourtant, ils semblent inquiets. C'est moi qui suis fou... ou c'est eux ?

– Mais la Réserve ! protesta Zoé. Tu voulais...

– Je voulais une réponse et nous l'avons eue. Nous savons pourquoi il y a moins de nourriture. Parce que le vaisseau est parti depuis trop longtemps. Et si nous ne trouvons pas une planète habitable rapidement, nous allons mourir de faim. (Guillaume regarda Zoé, puis Victor. Enfin il désigna les Portes Rouges de l'ascenseur:) Alors? conclut-il. On monte?

– On monte, répondit Victor, après avoir jeté un coup d'œil autour de lui.

Ils étaient seuls dans le hall. Zoé poussa un soupir, puis acquiesça de la tête.

Lentement, ils se dirigèrent vers l'ascenseur. Guillaume appuya sur le bouton.

Ils attendirent, retenant leur souffle...

L'ascenseur n'arrivait pas.

– Forcément, dit Zoé, il doit y avoir un système de reconnaissance digitale ou optique.

Victor fronça les sourcils:

– Un quoi?

– Un truc qui reconnaît les empreintes des doigts des Pilotes... ou l'intérieur de leur œil... Bref, l'ascenseur ne s'ouvrira pas pour nous.

– Très bien. On passe par le monte-charge ! ordonna Guillaume. C'est par là que les équipes de Distribution doivent leur envoyer la nourriture.

L'ascension fut longue et difficile. Les enfants prirent appui sur les parois, s'accrochèrent aux câbles, se hissèrent aux échelons de secours. Au bout d'une demi-heure d'efforts acharnés, ils débouchèrent dans une sorte d'antichambre, pleine de réserves de fruits, de pain et de lentilles que personne n'avait touchées et qui pourrissaient, abandonnées.

Au fond se trouvait une Porte Rouge.

L'entrée du Niveau 0. L'entrée du Niveau des Pilotes.

Et la porte était ouverte.

– C'est pas normal ! souffla Victor.

Ils se regardèrent, terrifiés.

Puis Guillaume fit un pas en avant et franchit l'entrée interdite.

Chapitre 4

Les couloirs étaient déserts. Les murs rouges étaient poussiéreux. Aucun système de sécurité ne fonctionnait. La plupart des ampoules étaient cassées et une étrange odeur flottait dans l'air.

Et, surtout, il n'y avait personne.

L'équipage des Pilotes comptait pourtant une cinquantaine de membres. Des spécialistes de toutes sortes. Où étaient-ils passés ?

Les enfants continuèrent leur progression dans un silence de mort. Ils traversaient, quasiment sur la pointe des pieds, d'immenses salles désertes. Des écrans abandonnés diffusaient une étrange lumière bleue.

Zoé frissonna. Victor lui serra le bras pour tenter de la rassurer, mais lui-même n'en menait pas large.

– Y a quelqu'un ? couina Guillaume, la gorge serrée.

Pas de réponse.

Ils avançaient toujours, se perdant dans le labyrinthe de coursives. Le Très Grand Vaisseau trembla à nouveau, plus violemment que les fois précédentes. Une odeur de brûlé se répandit dans l'air recyclé.

– Excusez-moi ! cria Guillaume. Il y a quelqu'un ? Où êtes-vous ?

Un grésillement sur leur gauche... Une porte ouverte donnait sur une sorte de salle d'observation.

Les trois enfants entrèrent. À l'intérieur, les ordinateurs fonctionnaient. Des images défilaient, montrant la galaxie, un système solaire inconnu, et, là, sur l'écran du fond...

– Guillaume... dit Zoé. (Sa voix tremblait :) Regarde... Tu vois...

– Oui, murmura Guillaume, le cœur battant. Je vois.

Sur l'écran se trouvait *la* planète.

La planète de leurs espoirs, la planète de leurs rêves. Les enfants lurent les données qui défilaient, sans y croire. Il y avait de l'oxygène dans l'atmosphère – l'air était donc respirable. La température n'était ni trop chaude ni trop froide. Des fleuves coulaient sur le sol fertile. Guillaume regarda en haut de l'écran. Les Pilotes lui avaient même donné un nom : Gaïa.

Gaïa était habitable... Plus qu'habitable, même...

– Elle est parfaite, murmura Zoé.

– Mais alors, pourquoi ? interrogea Guillaume. Si... si Gaïa est la planète idéale... pourquoi le vaisseau ne s'y est-il pas posé ? Pourquoi les Pilotes ne nous y conduisent-ils pas ?

– Parce qu'ils sont... morts, déclara dans leur dos Victor, d'une voix tremblante.

Guillaume et Zoé se retournèrent brusquement.

Dans le bureau attenant, Victor avait fait une horrible découverte : des cadavres. Des cadavres en robe rouge, les yeux révulsés. Ils étaient des dizaines... Tous morts, hommes et femmes, parfois encore penchés sur leurs ordinateurs, parfois allongés au sol dans des poses ridicules...

Les avait-on assassinés ? Guillaume ne voyait aucune trace de blessure. Alors ? Quoi ? *Un virus*... pensa le garçon, glacé.

Une maladie si soudaine que les Pilotes n'avaient pas eu le temps d'appeler à l'aide... Ou plutôt n'avaient pas *voulu* appeler à l'aide. Cela faisait huit cents ans qu'ils étaient séparés des passagers, huit cents ans qu'ils refusaient de se mêler à eux...

À moins que les Pilotes n'aient, au contraire, cherché à les protéger? Peut-être voulaient-ils éviter aux passagers d'attraper une maladie...

Une maladie... contagieuse?

Victor était en train de se pencher sur l'un des corps, lorsque Guillaume le retint de justesse:

– Non! Ne le touche pas! Il est peut-être contagieux!

Victor se redressa vivement.

Les trois enfants se regardèrent.

– Alors nous sommes peut-être *déjà* contaminés, gémit Zoé.

– Peut-être… murmura Guillaume tout en réfléchissant. Peut-être que nous allons mourir, nous aussi. Ou alors…

Ses amis étaient suspendus à ses lèvres.

– Ou alors ? répéta Victor.

– Ou alors, reprit Guillaume, le virus est mort… Et c'est pour ça que la porte est ouverte. (Ses deux amis l'écoutaient sans comprendre.) Il a dû y avoir au moins un survivant, expliqua Guillaume, qui a déverrouillé l'accès avant de mourir… une fois tout danger écarté… Il espérait que quelqu'un monterait… Mais personne n'est venu.

Les trois enfants frissonnèrent, horrifiés.

Soudain, une explosion secoua le vaisseau. Ce n'était plus un tremblement, cette fois, mais une vraie déflagration.

– Ils sont tous morts ! cria Guillaume. Les pilotes, les techniciens, les navigateurs... Il n'y a plus personne aux commandes ! Les tremblements, les explosions... c'est ça, leur origine ! Le vaisseau est en train de s'autodétruire...

Il se précipita dans le couloir, cherchant désespérément le poste de pilotage, suivi de près par ses amis épouvantés. Trois cadavres étaient écroulés devant une grande porte blanche, béante, au-dessus de laquelle était écrit POSTE DE PILOTAGE.

Une nouvelle explosion.

Guillaume enjamba les cadavres avec précaution et entra.

La porte se referma automatiquement derrière lui. Il sursauta et se jeta sur le loquet pour essayer de forcer l'ouverture – impossible !

À l'intérieur, tous les voyants étaient au rouge, toutes les alarmes hurlaient.

DANGER, DANGER, DANGER, affichaient les écrans. MOTEURS EN SURCHAUFFE, annonçait une voix mécanique. Un homme vêtu d'une combinaison étanche était allongé par terre. Des câbles complétaient son équipement, reliant son cerveau et ses doigts aux ordinateurs de la pièce.

– Guillaume ! Guillaume ! criaient Zoé et Victor, tout en tambourinant sur la porte.

– Je suis coincé ! Avec le pilote ! Il est mort !

– *Je... je ne suis... pas encore... mort...* souffla une voix rauque derrière lui.

Guillaume fit un bond de trois mètres. Puis il comprit. Le pilote était vivant et son casque, relié au tableau de bord, transmettait sa voix à travers un micro.

– *T'as rien à craindre... petit*, reprit la voix. *L'épidémie est terminée... Merci d'être monté... Mon équipage?* demanda-t-il, après une longue pause. *Com... combien de survivants?*

– Aucun, répondit Guillaume, retenant ses larmes. (Les alarmes hurlaient toujours, alors il supplia:) Le vaisseau est en danger! Tous les passagers... Monsieur le Pilote... je vous en prie...

– *Tous morts*... (La voix de l'homme se brisa.) *La fièvre... J'ai si chaud...*

Une nouvelle explosion, un craquement. Épouvantables. Le vaisseau se déchirait... Le bruit noyait tout. Guillaume imagina la panique de ses amis derrière la porte, la terreur de ses parents, de sa petite sœur...

– Nous sommes perdus... murmura-t-il.

– *Non! Non!* dit le pilote d'une voix sifflante. *Il est encore temps... Gaïa... Les coordonnées de la planète...*

– Les... quoi? demanda Guillaume.

– *C'est comme... une adresse... Je vais te donner des nombres... Tape-les sur le clavier... L'autopilote... il vous conduira...*

– Allez-y! Vite! VITE!

Le pilote commença à dicter, prononçant d'une voix qui faiblissait de seconde en seconde de longues séries de chiffres. Guillaume tapait sur le clavier, les doigts dégoulinant de sueur, tremblant de peur de se tromper. Les parois du vaisseau grinçaient, laissant échapper des crissements de souffrance. L'odeur de fumée était de plus en plus forte.

– *C'est la dernière coordonnée*! murmura le pilote, en fermant les yeux. *Ensuite... il faut... taper... sur... Autopi...*

L'homme roula sur le sol, balbutia quelque chose d'inaudible, s'empêtra dans les câbles qui reliaient sa combinaison aux ordinateurs... et mourut.

Derrière la porte, les hurlements de Zoé et Victor avaient atteint leur paroxysme. Mais Guillaume n'entendait plus rien. Il tapa la dernière série de chiffres, puis, sans hésiter, cliqua sur « Autopilote ».

Les moteurs se mirent en route. Tous les voyants DANGER s'éteignirent. Les alarmes se turent.

Les ordinateurs avaient repris le contrôle du Très Grand Vaisseau qui fit un formidable bond en avant. Projeté en arrière par l'accélération, Guillaume atterrit dans le fauteuil du pilote. Et là, d'un œil humide, il vit l'image de Gaïa grandir sur l'écran, grandir, GRANDIR...

Épilogue

Et c'est ainsi que le Très Grand Vaisseau, après un voyage de huit cents ans, se posa enfin sur la planète tant recherchée.

Deux soleils brillaient dans le ciel bleu vif de Gaïa. Le sol était couvert de prairies d'un vert tendre. Dans les arbres, des fruits inconnus poussaient, étranges mais délicieux. De petits animaux à fourrure violette regardaient avec curiosité les habitants du vaisseau débarquer dans leur nouveau foyer.

On raconte que Leila passa sa première journée sur Gaïa à se rouler dans l'herbe, à courir dans les collines et à grimper aux branches des arbres. On raconte que Victor et Zoé se prirent la main en traversant d'immenses champs de fleurs phosphorescentes, au parfum suave. On raconte que les parents de Guillaume s'embrassèrent comme de jeunes amoureux, en haut d'une montagne enneigée, devant l'immensité du paysage, leurs visages inondés de soleil.

On dit aussi que, pour honorer Guillaume, Victor et Zoé, qui avaient sauvé tous les passagers du Très Grand Vaisseau, on donna un immense banquet, où ils dévorèrent en une soirée plus de cinquante entrées différentes, goûtèrent à quatre-vingts fruits et cent huit desserts.

On raconte enfin que Victor ne mangea plus jamais de lentilles de sa vie.

En tout cas, si vous passez dans ce coin de la Galaxie... venez visiter Gaïa !

L'auteur

Ange est le pseudonyme de Anne et Gérard Guéro, scénaristes de BD (*Le Collège invisible*, *La Geste des Chevaliers-Dragons*, *Marie des dragons*, parues chez Soleil) et écrivains, amoureux depuis toujours de la science-fiction et de la fantasy.

Le Très Grand Vaisseau est leur quatrième roman jeunesse, après *L'Œil des Dieux* (coll. « Autres Mondes », Mango, 2000), *L'Arche de Noa* (coll. « Cinémascope », Intervista, 2008) et *À mille milles de toute terre habitée* (coll. « Soon », Syros, 2008).

Du même auteur, aux éditions Syros

Pour les plus jeunes :
Toutes les vies de Benjamin,
coll. « Mini Soon », 2011

Pour les plus grands :
À mille milles de toute terre habitée,
coll. « Soon », 2008

Dans la collection
Mini Syros Soon

Le Très Grand Vaisseau
Ange

Toutes les vies de Benjamin
Ange

L'Enfant-satellite
Jeanne-A Debats
Prix littéraire de la citoyenneté 2010-2011

L'Envol du dragon
Jeanne-A Debats
Prix Cherbourg-Octeville 2012

Rana et le dauphin
Jeanne-A Debats

Opération « Maurice »
Claire Gratias
Prix Salut les bouquins 2011

Une porte sur demain
Claire Gratias

La Planète interdite
Yves Grevet

Mémoire en mi
Florence Hinckel

Papa, maman, mon clone et moi
Christophe Lambert

Libre
Nathalie Le Gendre

Sur la liste de l'Éducation nationale

Vivre
Nathalie Le Gendre

À la poursuite des Humutes
Carina Rozenfeld

Prix Dis-moi ton livre 2011

Moi, je la trouve belle
Carina Rozenfeld

Série « Les Humanimaux »
Éric Simard

L'Enfaon
Sur la liste de l'Éducation nationale

Prix Livrentête 2011
Prix Dis-moi ton livre 2011
Prix Lire ici et là 2012
Prix Passeurs de témoins 2012
Prix Livre, mon ami 2012

L'Enbaleine
L'Enbeille
L'Encygne
L'Engourou
L'Enlouve
L'Enperroquet
L'Enserpent

Robot mais pas trop
Éric Simard

Prix Nord Isère 2011-2012

Roby ne pleure jamais
Éric Simard

Les Aigles de pluie
Éric Simard

Mis en pages par DV Arts Graphiques à Saint-Nazaire

Loi n°49.956 du 16 juillet 1949
sur les publications destinées à la jeunesse

Achevé d'imprimer en janvier 2024
par la Nouvelle Imprimerie Laballery
(58500, Clamecy, France) - 312683.

N° d'éditeur : 10298515 – Dépôt légal : janvier 2013

Ce livre est imprimé sur du papier
issu de forêts gérées durablement.